KB115398

마음의 빈터

마음의 빈터

발행일   2020년 12월 24일

지은이   이낙현
펴낸이   손형국
펴낸곳   (주)북랩
편집인   선일영   편집   정두철, 윤성아, 최승헌, 배진용, 이예지
디자인   이현수, 한수희, 김민하, 김윤주, 허지혜   제작   박기성, 황동현, 구성우, 권태련
마케팅   김회란, 박진관
출판등록 2004. 12. 1(제2012-000051호)
주소   서울특별시 금천구 가산디지털 1로 168, 우림라이온스밸리 B동 B113~114호, C동 B101호
홈페이지   www.book.co.kr
전화번호   (02)2026-5777   팩스   (02)2026-5747

ISBN   979-11-6539-552-0 03810 (종이책)   979-11-6539-553-7 05810 (전자책)

이 도서의 국립중앙도서관 출판예정도서목록(CIP)은 서지정보유통지원시스템 홈페이지(http://seoji.nl.go.kr)와
국가자료공동목록시스템(http://www.nl.go.kr/kolisnet)에서 이용하실 수 있습니다.
(CIP제어번호: CIP2020053622)

(주)북랩 성공출판의 파트너

북랩 홈페이지와 패밀리 사이트에서 다양한 출판 솔루션을 만나 보세요!

홈페이지 book.co.kr   •   **블로그** blog.naver.com/essaybook   •   **출판문의** book@book.co.kr

이낙현 시집

마음의 빈터

북랩 book Lab

목차

마음의 빈터 1

알차게 느껴지던 마음에
너무도 허전한 마음의 빈터
어딘가 비어 있는 듯한
넓게만 여겨지는 마음의 빈터
저 드넓은 하늘이라도
끌어안고 싶은 마음의 빈터
언제나 없어지려나
채우고 싶은 마음의 빈터

마음의 빈터 2

너무도 넓게 느껴지는
채우고 싶은 마음의 빈터
이것저것 주섬주섬
채우려 안간힘을 써도
여전히 텅 비어 있는
드넓은 마음의 빈터
어쩌지 못해 주저앉아야 하나
터무니없는 욕심도 아니런만
채워도 채워도 비어 있는
여전히 허전한 마음의 빈터
애초부터 욕심이 없었으니
채워질 일 없었던 것을
그래도 아쉬워 채우려 하였구나

임의 마음

사랑하는 임의 마음
속속들이 알고파도
알 수 없는 이내 마음
마음 아파 그리워라
그 내 임 믿고 믿고서
일평생 살으련다.

버릇

마주쳐 쑥스러워 돌아서면은
그래도 보고파서 돌아서면서
그래도 쑥스러워 돌아서지만
그래도 참지 못해 돌아서면은
아직도 변함없이 바라보면서
애틋한 모습으로 미소를 주네
지금도 잊지 못해 보고 있는 듯
뒤돌아 두리번 보는 버릇

해돋이

끓어오르는 바다 저편에서
붉게 솟아오르는 해돋이
오늘의 희망과 열정을 안고
용솟음치듯 솟아 오른다
시작이 반이 되어 분주한 하루
이리 생각 이리 뛰어 보고
저리 생각 저리 뛰어 봐도
마음에 들지 않아 조바심 일고
어느새 중천됐나 싶더니
기울며 희비의 아쉬움을 남기고
서산에 지는 해를 바라보며
아쉬워 희망찬 내일을 기약하네

하늘과 땅

드넓은 하늘의 정기를 받아
땅과 물들이 만물을 살찌우며
하늘과 땅의 조화를 신성화한다.
하늘 같은 아버지와 땅 같은 어머니
어느 쪽이 더하다 덜하다 하랴
하늘이 있어 땅이요 땅이 있어 하늘인데
하늘이라 하여 땅을 무시하고
땅이라 하여 하늘을 허공으로 생각하니
서로의 자애와 존경심을 잃고
갈등 속에 자아를 잃어버린 자손들은
하늘의 존엄함을 저버리고
땅의 자애로움을 간섭으로 여겨
홀로된 고된 방황에서 뒤늦게
하늘과 땅의 존귀함을 느끼고서야
눈물로 탄식하며 목메어 불러봐도
흘러온 세월은 돌이킬 수 없어
고향 하늘 고향 땅 바라보며
지난 세월 더듬어 회한의 눈물 짓는다.

바위

중압감에 짓눌리는 듯 느끼며
단단하고 냉기마저 감도는
하찮게 여겨지는 바위들도
섬세한 정성과 노력을 접하고

장인의 혼을 불어넣으면
인간사 희로애락을 다 녹이는
온화한 미소로 변하고
누백 년의 성상을 간직한 채

중후한 모습으로 다가와
주춧돌이 되어 성벽이 되어
화려한 석탑이 되거나
대자대비 불상으로 변하여
그 옛날 찬란했던 시절을
전하는 듯 속삭이는 석취
인간사 가벼운 몸짓을 책하는 듯
수많은 세월 의연히 지켜온 풍상

나 홀로 남아

그대 떠난 길에
나 홀로 남아
아쉬워 주던 눈길
가슴 태우며
불타던 그 시절이
비 되어 내리네
즐거움은 변하여
괴로움 남아
밤새워 씨름해도
승부는 없어
뜨는 해 바라보며
다시 되새기네

부부 1

1

남남이 서로 다른 환경 속에서
서로 다른 가치관에 나를 느껴 오다가
어느 날 결혼이라는 굴레를 같이 쓰고
그간의 정든 가족으로부터 벗어나
낯선 새로운 가족을 만들게 된다네

2

서로를 이해하며 사랑한다지만
외면에서 맴도는 가시적 생각에서
어느 날 갑자기 느껴지는 이질감이
떠나 온 가족의 지나온 정을 갈구하면
새 가족에서 자아를 생각하게 된다네

3

남남이 서로 만나 하나가 된다는 것
서로의 가치관이 융화되어 꽃피는 날
우리 부부는 서로를 위하여 헌신하며
너를 위하여 희생할 줄 알게 되어야
우리 가족 속에서 자아는 우리로 변하네

4

부부가 만나 떠나 온 가족을 위하여
서로 다리 되고 끈이 되어 연결하여야
우리 가족은 떠나온 가족과 하나가 되어
대가족으로서 우리 모두의 안식처가 되고
모든 가족 속에서 웃음꽃이 만발한다네

사랑의 의미

1

사랑이란 서로 간에 좋아함이 일치해
서로는 사랑의 눈빛으로 감흥되어
서로는 주위를 의식하려 들지 않고
서로가 눈이 멀어 죽도록 사랑한다네

2

첫눈에 반해 좋은 점만 눈에 띄고
어느 누구의 충고도 들리지 않으며
서로에게 단점은 장점으로 보이고
젊음의 욕정이 마음의 눈을 멀게 한다네

3

서로는 상대를 장밋빛으로만 보지만
사랑이란 심신의 교감이 일어나고
사랑과 동시에 상대의 주변을 위하여
희생할 각오를 하며 사랑을 해야 한다네

4

사랑이란 열정에 치우치고 목을 매고
서로가 좋아서 사랑을 하면 그만이라고
더 무엇이 필요하냐고 말들을 하는데
사랑이란 꼬리가 많음을 알아야 한다네

5

서로 간에 지켜야 할 책임감과 의무
서로 간의 가족에 대한 의례 순위와 절차
서로 간에 너와 내가 우리가 돼야 하는 일
서로 간의 육체의 쾌락은 극히 일부라네

6

권리보다는 의무와 희생이 앞서야 하며
참된 선택의 사랑은 결혼으로 연결되어
서로를 지켜주고 위로하며 내 몸과 같이
서로를 위하여 희생하고 배려해야 한다네

욕심 1

1

욕심이란 인지상정이라네
누구나 가지고 있을 욕심을
주위에 누가 되지 않도록
분수껏 채우려 하면 된다네

2

채워도 채워도 허기질 때
자제력을 잃고서 과욕으로
자신과 주위를 욕되게 하고
이웃을 눈물짓게 만든다네

3

욕심이란 버리면 편안하고
움켜쥐려 하면 괴로움 남아
주위에 누가 되어 상처 주고
이웃의 원성으로 돌아온다네

4

채우기보다 나누며 즐기면
마음은 가볍게 하늘을 날고
서로서로 이웃사촌 되어서
친근함이 더해 시름을 던다네

일 년 고개

인생의 기쁨과 괴로움도
다 하였구나 일년을
또 다른 일 년을 어이 지낼꼬
먼 하늘 바라보며 돌이켜
머뭇거리던 발길이
아련하였던 눈길이
미치지 못했던 손길이
세월 따라 같지 않고
어느덧 흘러 흩어진
한 해가 저무는 오늘
애수와 환희의 언덕
넘어도 또 넘어야 할 고갯길
또 다른 일연 고갯길을
내일 또다시 넘어야 하네

털옷

호호 불며 노는 아기
가련하고 애처롭다
어제오늘 이어 가는
빈틈없는 생활 속에
틈틈 모아 담은 정성
밤을 새워 엮은 정이
줄줄 따라 마디마디
아름답고 고운 무늬
오색 빛에 아롱지는
따뜻한 정 이 정성에
모진 겨울 찬바람도
고개 숙여 물러간다.

뜬구름 같은 인생

1

맑은 하늘에 수놓은 뜬구름
바람 따라 이리 변하고 저리 변하고
저 멀리 어느덧 사라져 버리는
인간사 같은 오고 감이 덧없어

2

파란 하늘 새하얀 조각구름
그림같이 다가와 희망을 불어넣고
어느새 비바람 되어버리는
인간사 같은 허망함이 덧없어

3

서로 만나 하나 되어 뭉게구름
바람 따라 지겨워 떨어져 버리고
후회하며 눈물 되어 떨어지는
인간사 같은 고뇌함이 덧없어

4

생과 사 가늠할 수 없는 먹구름
바람 따라 변하고 흘러가는 요지경
운명 속에 떠돌아다녀야 하는
인간사 같은 희로애락이 덧없어

낙엽의 정

임 그리다 지친 마음
창가에 걸쳐 놓고
행여 오시려나
다시 봄도 허사되어
아련한 모습 속에
어디선가 날려 드는
임의 소식 낙엽 있어
내 정도 가득 담아
임 계신 곳으로
살며시 전하고 싶어라

그리워

1

꽃송이 반기움에 고개 돌려 봐도
지울 수 없어라 그리워
서서 그리워 앉아 그리워
못내 지울 길 없네
내 죽어도 못 잊게 그리워

2

밤마다 찾아가는 꿈속의 여정에도
참을 수 없어라 그리워
이리 그리워 저리 그리워
못내 찾을 길 없네
내 죽어도 못 잊게 그리워

기다려집니다

오는 이 가는 이
어이 아니 오시는지
내 종일 그토록
기다리고 있지마는
기어이 아니 오고
어쩌다 올 양이면
가고 마는구려
가고 아니 오실 량이면
뒤돌아보지 않으련만
미련을 버리지 못해
뒤돌아보고 또 보고
한없이 기다려집니다.

가족

1

너와 내가 자라온 가족을 떠나
남과 여가 서로 만나 부부 되어
새 가족을 이루고 오손도손 살며
가족이 있어 나와 네가 있는데
내 가족 속에 동화되지 못하네

2

떠나 온 가족의 향수에 젖어
우리 속에 자아를 생각하게 되고
서로 다른 가족을 비교하게 되어
이질감을 서로가 느끼게 되면서
떠나 온 가족에 나를 두려 하네

3

내 가족은 기둥을 잃고 쓰러져
자신마저 존재 가치가 없어지고
자신의 의무와 노력을 저버리면
가족의 화목과 융화는 깨지고
떠나 온 가족에서도 이방인 된다네

4

서로 다른 환경에서 자랐기에
서로의 입장을 이해하고 삭혀
상대의 떠나 온 가족을 배려하고
우리를 위하여 노력하고 헌신하면
가족의 행복은 소리 없이 온다네

잎이 떨어지는 날

그리는 마음 보고픈 마음
기다리다 지친 마음
이제나저제나 오시려나
사무치는 그리움
잎이 떨어지는 날
사분사분 밟고 오실 임
낙엽은 바람에 날리고
오신다던 임 아니 오시고
해는 서산에 지네
잎이 떨어지는 날
잃어버린 희망
이 밤이 끝이 없으려나
보고픔에 지친 마음
밤새워 새벽을 맞이하네

임 그리는 마음

부슬비 내리는 밤
외로움에 못 이겨
그대 모습 눈앞에
어른거리며 다가와
귓가에 들려오는
해맑은 웃음소리
불러도 대답 없고
임 그리는 마음
허공을 헤매네

비를 맞으며

비가 오는데
비를 맞으며
가로수를 누비고
흠뻑 젖어 본다
낮아지는 체온을
버겁게 이끌며
발자국마다
초라한 것일랑
모두 모두 모아
빗줄기에 씻어버려
맑게 개는 날
찬란한 햇살이
희망과 더불어
반겨 맞아 주리라

그 임은 어느 곳에

구만 리 머나먼 길
나그네 설움 평생
누구를 벗 삼아서
산 넘고 물 건너나
임 찾아 손잡으면
험한 길 평지 되어

흥겨운 가락 속에
흥겹게 가련마는
그 임은 어느 곳에
찾을 길 가이 없네
내 한몸 이러고야
짚신만 같지 않네

부부 2

1
나는 네가 있기에 존재할 수 있으며
너도 내가 있기에 존재할 수 있으나
나는 어느새 너를 경계하려 들고

너도 뒤질세라 나를 멀리하려고 들면
서로에게 진심을 보이지 않게 되고
너와 나는 서로가 거리를 두려 하면서

서로는 서로를 믿지 못하는 부부 되어
한 가정의 기둥으로서 소임을 못 하면
기울고 허물어져 존재 가치를 잃게 된다네

2

나는 너를 이해하고 서로를 위하고
너도 나를 이해하고 더불어 살아야
너와 나는 고달픈 삶의 동반자로서

멸시와 반목을 버리고 건전한 관계로
서로를 위하여 기꺼이 희생할 줄 알아야
너와 나는 하나 되어 완전한 우리가 되며

우리는 화목한 부부로서 가정을 이끌고
뿌리며 줄기 되어 사랑이 넘치게 되어
생기 왕성한 건실한 열매를 맺게 된다네

진달래

1
아침 햇살 머금고 피어난
뒷산 초입 진달래꽃
흐느끼며 지새웠나
간밤에 흘린 눈물
채 거두지도 못하고
꽃잎 가에 매달려 있네

2
가신 임 잊을 길 없어
기나긴 밤 지새우며
혹여 길 잃으셨나
꽃내음 한껏 풍기며
길잡이 되기를 자청하고
춘 4월 하루해를 기다려

3

아니 오시나 못 오시나

오가는 고심 속에 애태워

가신 임 야속하고 그리워

꽃잎으로 손짓해 보이며

지는 해 안쓰러워 위로해도

지친 꽃잎은 고개를 떨구네

차 한 잔의 여유

1
삶에 부대끼고 찌들어
조급하고 메마른 마음에
심신의 고단함이 쌓일 때
차 한 잔의 여유는
온몸의 고단함을 날린다네

2
다툼으로 화가 치밀 때
서로가 제 화를 삼키고
대화 기회를 주며 가져보는
차 한 잔의 여유는
다툼과 화를 잠재운다네

3

누적된 피로에 지칠 때

한 모금에 심호흡하고

두 모금에 피로를 녹이고

세 모금에 원기 회복하여

심기일전 회복할 수 있다네

고독

고독을 곱씹고
열정을 잠재우며
양보라는 그늘에서
찬란한 햇빛을 갈구하며
세월의 흐름 따라
기다림의 여정이여
뉘라서 거들떠보자 한들

눈길은 허공에 있네
고독에 심취하여
자아를 허공에 띄우고
홍진을 멀리하며
선천에 씻어 볼거나

과거

지난 추억의 꽃을 피울 과거는
좋은 추억 언짢은 추억 모두 모여
밝은 미래의 꿈을 안겨 준다네

현실의 이익에 집착한 나머지
과거는 헌신짝같이 잊어버리고
과거 없는 현실에서 미래를 꿈꿔

현재 - 과거 = 어두운 미래 오고
현재 + 과거 = 평범한 미래 오며
현재 × 과거 = 밝은 미래 온다네

과거를 반성하고 현실을 밝히면
밝은 미래는 살며시 다가와 안겨
끝없는 반성은 참된 인간을 만든다네

인생길 1

내가 가야 하는 길
어디로 갈 것인가
홀로 옳게 판단하고
주관적인 판단을 하면서도
객관적으로 실행하며
적응하고 융화해야 한다네
설사 본의 아니게
떠밀려 간다 해도
바로 가야 하는 길
안갯속에 희미한 길
끝없는 노력과 희망으로
삶의 의미와 보람을 찾는 길

대화 1

1
침묵은 금이라 하네
삼가야 할 경우
침묵은 금이 된다네

2
해야 할 때 침묵은
무시하는 처사 되고
단절 소외시킨다네

3

대화는 서로를 느끼고
상대를 존중하게 하며
유대를 돈독하게 하네

4

다정한 대화가 없으면
부부간에도 찬바람 불어
소외감으로 남남이 된다네

마음

한치 속의 마음은 알 수 없어
말과 몸짓으로 마음을 표현하네
과장된 어설픔은 오해를 만들고
오해를 풀어주려 짜 맞추면
더 큰 금이 가게 되어 애태우고
평상시 바른말 올바른 행동으로
항상 조심하고 내 마음 열어
내 주장 내 욕심을 뒤로하고
이웃 사랑에 양보심으로 대하면
너나없이 모여들어 이웃이 된다네
제 이기심을 버리지 못하고
내 주장 내 욕심 먼저 채우려
이간질 기만하고 술수를 쓰면
이중인격자로 외면당하게 되고
주변에 소외감과 외로움만 남네

미래

1

미래에 어떠한 변화가 있을지
예측할 수 없는 것이 인간사
옳고 바르게 행하고 노력하여서
불필요한 인간은 되지 말아야 하네

2

이기주의자는 욕심을 채우고자
오로지 자신만을 위해 노력하고
주위는 무시하고 혼자 쓰고 보자
미래 없는 허례허식 남발한다네

3

위기주의자는 불확실성의 불안에
있을지도 모를 위기를 위하여
주위는 나 몰라라 움켜쥐고 보자
불안 속에 나날을 보내려 한다네

4

기회주의자는 기회를 포착하려고
혼신을 다해 혈안이 되어 찾으며
상하 안하무인 저만 잘되려 하고
좌불안석 위기 속에 보내려 한다네

5

낙천주의자는 이도 저도 좋다네
인생은 즐기자고 존재한다면서
늙어지면 못 노나니 젊어 놀아보세
계획 없는 허송세월 보내려 한다네

6

현명한 자는 마음 비우고 물 흐르듯
주위와 어울려 동화되어 살려 하고
너와 내가 이웃으로 정답게 살며
바른 마음 서로 돕는 사회를 바라네

봄은 오는데

겨울은 가고 봄은 오는데
떠나버린 이 마음에 봄은
왜 가고 오지 못하는지
살얼음 녹아 길은 트였는데
어쩌다 그릇됐나 오지 못하네
기다리다 지친 이 마음은
지는 해 바라보며 하염없이
기약 없는 허공을 맴도네

사랑하는 까닭이겠지

1

그 옛날 헤어졌던 그 사람

오늘도 잊지 못해 그리워

속삭이는 마음속에

오가던 다정한 옛 모습이여

그대 티 없는 마음속에

싹트는 정열의 불꽃이여

미처 다하지 못한

붉은 젊은 날의 추억이여

차마 생각지 못했던 슬픔이여

지금도 잊지 못해 괴로워

그대 그리워 잠 못 이루니

사랑하는 까닭이겠지

2

그 옛날 보고 싶었던 그 사람

그날도 이별 슬퍼 애태우며

작별의 눈물 속에

희미한 그대 뒷모습이여

내 마음속에 공허를 남기고

떠나 버린 야속한 임이여

쓰라린 고통을 안겨 주고

젊음의 정열을 시들게 하며

차마 생각지 못했던 외로움이여

오늘도 쓸쓸한 밤 지새우며

그대 그리다가 잠 못 이루니

사랑하는 까닭이겠지

자신을 다스리자

1
성급한 마음에 덤벙거리기
물불을 못 가리는 불같은 성격
남에게 지고는 못 사는 외고집에
사촌이 땅을 사면 배가 아프다네

2
과욕으로 얼룩진 잘못된 욕심
사악한 자의 유혹에 노출되어서
앞뒤 못 가리는 시기와 질투에
불신과 의구심을 버리지 못하네

3

쾌락과 유혹에 나약한 마음은

이기심에 선악을 구별하지 못해

황홀경에 의지력이 약해진다면

바르게 보지 못해 느끼지 못하네

4

심사숙고하는 차분한 마음으로

자신의 마음을 다스리지 못하면

그릇된 삶의 길을 택하게 되어

참된 인간의 길을 갈 수 없다네

제자리에서 다워야

1

아이는 아이다워야 하고
어른은 어른다워야 하고
학생은 학생다워야 하고
선생은 선생다워야 하고

2

여자는 여자다워야 하고
남자는 남자다워야 하고
아내는 아내다워야 하고
남편은 남편다워야 하고

3

자식은 자식다워야 하고
부모는 부모다워야 하고
사원은 사원다워야 하고
사장은 사장다워야 하고

4

농민은 농민다워야 하고

어민은 어민다워야 하고

장인은 장인다워야 하고

상인은 상인다워야 하고

5

정치인은 정치인다워야 하고

경제인은 경제인다워야 하고

공무원은 공무원다워야 하고

대통령은 대통령다워야 하고

6

제자리에서 직분에 다워야 하나

자유다 평등이다 권한은 외치며

의무와 제자리는 지키지 않으니

책임질 자 없어 질서는 깨지고

사회 혼란 속에 혼미를 거듭한다

맴도는 추억

강물 흐르듯 흘러가는 추억
안개 자욱한 기억 언저리에
언젠가 잔잔한 흐름 속에서
흐르다가 맴도는 추억이
소용돌이치며 아쉬웠던
못다 한 정들을 일깨워
저 멀리 노을 붉게 물들이며
살며시 기지개 켜며 다가와
황혼의 영상을 되씹게 하네

행복

1

너나 할 것 없이 찾아다니며
행복 위하여 산다고 말들하고
열심히 찾아 노력하며 헤매네

2

노력은 하지 않고 저 스스로
언젠가 찾아올 듯이 기다리며
운명에 목을 걸며 바라기도 하네

3

제풀에 기다리다 지쳐서 그만
자포자기 좌절하며 외면하나
행복이란 제 마음속에 있다네

4

욕심이 없으면 스스로 느끼며
편안한 마음 행복이 가득하고
욕심이 많으면 만족하지 못하네

5

부족한 마음에 쫓기듯 하며
조바심 불만으로 멍이 들어
마음에 상처 되어 불행해진다네

정

1

정성을 다하여 건네면

빈말이라도 감동이 되고

하잘것없는 티끌이 모여

따뜻한 정을 느끼게 하네

2

오고 가는 정은 아름답고

주고받으며 꽃피운 정은

고달픈 삶의 여독을 녹여

잔잔한 행복감을 안겨 주네

흔적

삶에도 흔적이 있어
흔적을 남게 하려니
좋은 흔적 남기며
삶의 보람을 느끼고파
바라며 노력해도
허공을 맴도는 희망
애타는 몸부림은
아니 섬만 같지 않네
이미 선 지금에야
밝은 흔적 만들고자
뜻과 같지 않으니
타는 속 어이 하리

봄바람

1
찬 서리 매화 따라
어느새 왔구나 개나리
샛노랑으로 물들여 보렴

2
뒤따라 왔니 진달래
울긋불긋 곱기도 하구나
향기 담아 봄바람 불렴

3

샘나서 왔니 왕 벚꽃

하늘을 곱게 수놓았구나

만개하여 뿌려나 보렴

4

산들바람 구름 따라와

옷깃을 당기고 미는구나

나를 따라와 놀아나 보렴

인생길 2

1

길고도 짧게 느껴지는 인생길
가도 가도 끝이 보이지 않는
그래도 기어이 끝이 오고 마는
스스로 가야만 하는 나만의 길

2

멀게도 가깝게도 느껴지는
서로 오고 가는 온갖 길들이
희로애락을 드리우고 안기며
인생의 참된 삶을 시험하는 길

3

고통을 이겨낼 수 있느냐고
유혹을 뿌리칠 수 있느냐고
수많은 반복을 되풀이하며
인생의 인내심을 시험하는 길

4

후회와 슬픔에 잠기기도 하고
잘못되어 막다른 길 들어서서
한 많은 인생 마감하기도 하고
극복하며 성취감을 갖게 하는 길

5

한 많은 인생의 비바람 찬 서리는
어제도 오늘도 쉬지 않고 다가와
우리를 시험하고 다듬고 가꾸어
참된 삶으로 인도하고자 하는 길

대화 2

1
서로 간의 대화는
서로에게 친밀감을 주고
서로를 느끼게 하며
의견의 격차를 줄이며
훈훈한 분위기를 만드네

2
상대를 무시하는
돌아오지 않는 대화는
서로의 간격을 더하며
의견의 격차를 벌리며
차디찬 분위기를 만드네

3
침묵은 금이라지만
대화에서의 침묵은
상대를 무시하는 행위로
의사소통이 단절하게 되어
서로에게 소외감을 안겨 주네

마음뿐이네

하루를 이어 가길
장장이 되니

언젠가 흰머리가
선을 보이네

하던 일 다 못하고
세월은 흐르고

하고픈 일 태산 되어
남아 있는데

나더러 어찌하라고
고개를 넘기네

아뿔싸 돼 갈까 하나
마음뿐이네

운명

1
세상에 태어나
이러한 모습으로
사는 것도 운명이려니
제각기 노력하며
바쁘게 뛰어본다네

2
이렇게 자라나
서로가 뒤엉키며
자라남도 운명이려니
서로 뒤지지 않으려
경쟁하듯 성장한다네

3
성공 길 찾다가
실패 길 들어서서
고뇌함도 운명이려니
시련을 극복하면서
행복을 찾아야 한다네

4
참된 길 찾아서
옳은 길 가게 되며
성공함도 운명이려니
시련은 멀리 가고
행복은 스스로 온다네

심신불만

1
마음은 아직 청춘인데
몸은 늙어 처져 있어
마음은 몸을 원망하고
몸은 마음을 원망하네

2
마음은 몸을 재촉하고
몸은 마음을 책망하고
마음은 어느덧 앞서고
몸은 나도 몰라 앉았네

3
마음은 몸이요 하난데
서로 책망한들 뭣하며
서로가 분수를 안다면
여생이 편안해진다네

감사하는 마음

1

주변 환경에 의하여 만부득이
물질적이거나 정신적인 면으로
도움을 받거나 은혜를 입으면
감사하는 마음이 절로 우러나
진심으로 감사하며 마음에 묻고
감사할 줄 모르면 금수 같다네

2

역경에 처하여 주위가 암울할 때
도움을 받아 역경에서 벗어나서
현실의 부와 영광을 누린다 하여
과거는 과거 현실은 현실이라며
제 잘나 부귀영화 누린다 자만해
감사는 고사하고 비하 폄훼한다네

3
남에게 도움을 주며 느낀 행복은
감사하며 재기하면 행복은 배로
자만과 오만은 상실감으로 다가와
즐겁게 주고 빼앗김의 상처 되어
나눔의 즐거움과 행복을 짓밟아
선행의 즐거움과 행복을 빼앗네

민초

1
민초는 보잘것없어도
모여 국력이 되거늘
어리석은 위정자는
억압하고 오도하면서도
제 뜻대로 된다고 믿으니
훗날 대의에 떠밀려서
권좌에서 멀어진 뒤에서야
후회하며 구차한 변명을 하네

2

민초는 보잘것없어도

하나가 모두가 되거늘

공복의 충실함을 실천하고

중의에 따라 봉사자 되어

솔선수범하게 되면

국민의 지지를 받게 되어

낮은 권좌는 빛이 나고

유종의 미를 거둘 수 있다네

마음은 설레네

달빛이 밝은 밤에
조용히 들려오는
자연의 합창 소리
풀내음 향기 속에
발걸음 멈춰지면
숨소리 잦아들고
춤추는 그림자에
어디서 부르는 듯
들리는 사랑 노래
마음은 설레네

빛과 그림자

감격과 성공의 뒤에도
허무한 실패의 뒤에도
화려한 영광의 뒤에도
쓰라린 패배의 뒤에도
빛과 그림자 드리워져
상호 간 균형을 이루네
빛이 강렬할수록 더
그림자 짙게 깔리면서
앞뒤의 균형과 조화를
다스리지 못하고 잦아들면
성공 뒤에 허탈해지고
실패 뒤에 좌절하고
영광 뒤에 공허하고
패배 뒤에 자멸하며
재기의 기회 상실하고
파멸의 길로 향한다네

광명의 눈으로서는

어둠을 볼 수 없고

어둠의 눈으로서는

광명을 볼 수 없듯이

주위에 동화돼야만

바르게 보고 대처하리라

마음은 쫓기듯 달려가고

바람에 날리는 낙엽 따라
가을은 성큼 턱밑에 다가와
한여름 기나긴 해에서도
못다 한 일들이 쌓여 있어
뒤처진 조바심에 어느덧
마음은 쫓기듯 달려가고
둔한 몸 저만치 뒤처져서
숨 가쁘게 쌕쌕쌕 올 줄 모르네

웃음소리 허공을 나르네

1
만나면 언제나
웃음꽃이 줄을 잇고
대화의 향기 그윽하게
서로 흥겨워하였다네

2
내일을 기약하고
가슴 설레며 만나며
장래를 설계하면서도
웃음꽃은 만발하였다네

3
잎이 떨어지던 날
웃음꽃은 시들어지고
임의 소리 메아리 되어
웃음소리 허공을 나르네

인생은 즐겁다네

1

세상에 태어나서

마음을 맑게 하며

언행을 밝게 하고

주변에 순응하며

이웃을 사랑하고

더불어 살아가면

2

즐거움 다가와서

심신은 안정되고

열심히 노력하여

선행에 솔선하고

나눔을 즐기면은

인생은 즐겁다네

자존심

삶의 이유이며
삶의 주축이며
삶의 주관이며
삶의 희망이라
자존심을 지키려
바른길을 걷고
자존심을 지키려
바른 언행 하고
자존심을 지키려
바른 삶을 산다네

존경과 두려움의 대상이 있어야

하늘을 두려워하고 자숙하며
종교를 두려워하고 경배하며
조상을 존경하고 공경하며
부모를 존경하고 효도하며
여론을 두려워하고 자제하며

이웃을 어려워하고 친밀하며
어른을 어려워하고 대접하며
선배를 어려워하고 자신하며
친구를 어려워하고 신의하며
후배를 어려워하고 자애하며

존경과 두려움이며 어려워함이
자만과 경솔함을 일깨워 주어
수시로 느끼는 갈등과 기로에서
자신의 언행통제에 이정표 되어
인생의 어두운 면을 밝혀 주리라

욕심 2

1

가진 자 또 가지려
욕심이 한이 없고
없는 자 가지려 한들
욕심이라 하겠으며
가진 자의 욕심은
없는 자보다 더하고
없는 자 분수 알아
욕심낼 줄 모른다네

2

먹어 본 자 더욱더
먹으려 욕심을 더하고
없는 자 체념해서인지
눈치 보며 주저하네
세상은 돌고 도는 것
아무리 저 잘났다 하여

혼자 다 가지려 하여도
죽으면 빈손으로 간다네

3
버는 사람 쓰는 사람
따로 있다 말들 하네
뼈 빠지게 모아서 죽으니
보람 없고 아쉽고 허전해
돈이란 버는 것보다는
쓰기가 더 어렵다 했지
후손에게 물려주기만 하면
잘되는 줄 알고만 있다네

4

유산이 있어 자손들이
아귀다툼 남남이 되고
예측 못할 풍비박산하니
안타까운 지경이 된다네
유산이 없어 자손들이
서로 도와 장사지내고
가신 임 한이 되어 모여
슬퍼하느니만 못하다네

욕심은 화를 부른다

백 세도 기웃거리기 어려운데
너나 할 것 없이 탐욕으로
양보할 줄 모르는 세태는
남보다 더 가지려는 욕심에
체통과 분수도 가늠하지 못해
앞뒤조차 분간하지 않으며
몰염치에 제 주장만 앞세워
분쟁을 조장하며 화를 자초해
얻은 것보다는 잃은 것 많고
주위를 어지럽게 하면서
욕심은 화를 부른다

내 그림자

1

임이 떠나고 희미해진 내 그림자
정다웠던 지난 세월 멀리하고
무엇을 위하여 내가 존재했을까?

세월 따라 나날이 퇴색되는 인생
허무했던 삶을 추스르고 버텨
죽지 못해 살며 돌아보는 내 그림자

2

지난 세월 곱씹어 되새김하여도
뒤틀린 가닥을 찾을 길 없어
추억을 더듬어 몸부림쳐 찾아보네

지난 세월 불씨를 살려 보자 해도
희미해져 가는 초라한 내 그림자
끝내 살리지 못하고 허사되어 간다네

허무한 인생

1
혼신의 노력을 다하면서
바르고 참되게 살려 하네
베푸는 즐거움 느껴보며
현실에 감사도 하였다네

2
미래에 희망을 품으면서
마음을 비워도 허사되어
현실은 멀게만 느껴지며
허무한 인생이 되었다네

희미한 생각

찾아도 찾아도

보이지 않는

찾을 길 없게도

희미한 생각

있을 듯하면서

보이지 않는

안개 낀 기억 속에

당황하는 모습

재앙

인간의 욕망은
과욕으로 치달아
통제하지 못하고
천기를 어기면서
왜곡을 일삼으며
인륜을 뒤집으며
질서를 무시하여
재앙으로 다가와
앞뒤 좌우도 없이
휘몰아치게 되어
때늦은 후회로는
감당할 수 없어
경악하게 만든다.

선과 악은 앞뒤

1
선은 앞 양지 되고
악은 뒤 음지 되어
인간은 앞뒤로 형상화해
선과 악으로 변신하네
.

2
선인 듯 악이 되고
악인 듯 선이 되니
선악이 무상하여 한 되고
선과 악 구별이 어렵네

3
사악한 자 선 내세워
선한 척 위장도 하니
선한 자 제 맘같이 믿어
사악한 자에게 넘어가네

4

선한 자 악을 뒤로하고
선행을 하자 하여도
선악을 구별하기 어려워
믿는 자 어디에도 없네

5

인간의 선악 구별은
과거 현재 언행으로 구별해
믿기도 경계하기도 하나
상대의 변화에 달려 있다네

벗어 버리고 싶어

1

세파에 찌든 때를
산천에 씻어내어
서푼 인생 한없이
벗어 버리고 싶어

2

하늘을 두려워해
허욕을 버렸건만
헤집고 들어와서
분탕질하는구나

그래도 후회는 없다

1
잊을 수 없는 일들을
잊을 수 있는 척하며
외면하고 돌아서
뒤늦게 그립고 아쉬워
두고두고 후회하는
여린 마음 채찍질한다
잡을 수 있으련만
놓아 버린 지난 세월
스스로 걸어야 했던 길
희망과 미래가 있었으나
어쩔 수 없었던 환경 속에서
뒤처진 아쉬운 세월
그래도 후회는 없다.

2

남들이 다들 가는 길을

왜 그리도 마다했는지

지금도 잊지 못하고

그리워 하도 그리워

어느덧 과거를 달리며

허공에 떠나 버린 추억

향기 그윽했던 시절

뒤로 하고 달려온 세월

스스로 걸어야 했던 길

꿈과 신념은 있었으나

어쩔 수 없었던 환경 속에서

뒤처진 아쉬운 세월

그래도 후회는 없다.

황혼의 문턱에 서서

1
나도 모르게 슬며시 다가온
황혼의 문턱에 기대어 서서
지나온 영상을 뒤돌아보네

2
짧게만 여겨지는 지난 세월
스쳐 간 수많은 사람들에게
좋은 인상을 주지 못했다네

3
부드럽게 대하면 좋았으련만
너무도 아쉬웠던 지난날들이
후회스럽게 맴돌며 다가오네

4

과거 속에 나는 현실 속에서

길 잃은 나그네 되어 헤매고

현실의 나는 남인 듯 보이네

5

무뎌진 방향감각 속에 서서

가물거리는 눈을 다시 비비며

희미한 이정표 찾아 헤매네

황혼의 비애

1

생과 삶에 감사하며
세월의 흐름 따라
북풍한설 모진 바람도
마다하지 않고 맞받았네

2

무뎌진 방향감각에
혼란과 액운은 다가와
상처 주고 고통을 안겨
인생을 얼룩지게 하였네

3

망설임의 기로에서
서성거린 방황으로
뒤처진 아쉬움 속에
느껴보는 황혼의 비애

노년

1
가는 세월에 떠밀리어
몸부림쳐봐도 속절없이
밀리고 밀려 젊음은 가고
발걸음 천근 되어 주저앉아

2
앞서가는 마음을 원망하며
쉬며 가자 되돌아오라고 불러도
못 따르며 절로 지쳐 앉아
지난 세월 곱씹고는 한탄하네

3

비바람 따라 서리 내려와
내 거절해도 쌓이는 서리에
날카롭던 목청은 무뎌지고
허전한 마음속에 찬바람 일어

4

앞서는 젊음이 부럽고 샘나
원망 속에 한숨 지우면서
젊은 날의 향수에 젖어보고
추억에 취해 가며 버텨 본다네

황혼(黃昏)

떠오를 때 찬란했던 기계는
흐르는 시간 속에 녹아 버리고
휘둘리는 인간사에 퇴색되어
휘청거리며 중심을 잃어버려
방향감각이 무뎌진 혼란 속에서
홀로 방황하는 갈대가 되어
황혼의 끝자락에서 머뭇거리며
아쉬워 아쉬워 못내 아쉬워
지쳐 버린 몸과 마음을 가누지 못해
뱃머리에 걸터앉아 한숨 돌리며
못다 한 여생의 짐을 벗어 버리고
어느새 지고 마는 황혼의 잔영이여

세월의 흐름

세월이 약이 되기보다는
노적이 돼 그림자 드리우고
고독을 곱씹으며 지나온
세월의 뒤안길에서 어느덧
찬바람 일고 서리 내려와

타는 듯한 열정을 잠재우며
짓눌려진 의욕의 잔영은
갈증 속에 허우적거리고
허공을 맴돌며 울부짖으며
기다림의 기나긴 여정이여

생각은 주관적으로
언행은 객관적으로

1

생각하고 판단하면서

언행하여 사람이라 하네

본능적 행동은 동물이라네

우리는 생각을 해야 한다네

그래서 성인이 된 자는

자신의 사고에 의한

언행에 책임을 져야 한다네.

2

생각하고 판단하여

언행해도 올바르지 않다네

자신만을 위한 언행이 되어

배려하는 생각을 해야 한다네

그래서 성인이 된 자는

생각은 주관적으로

언행은 객관적이어야 한다네.

3

생각하고 판단하여
언행해도 객관적이지 않다네
자기 본능에 의한 언행이 되니
자제하는 언행을 해야 한다네
그래서 성인이 된 자는
생각은 주관적으로
언행은 객관적이어야 한다네.

그래도 무궁화는 핀다

무궁한 끈기로 피고 지고
이어 온 혼이 깃든 무궁화
수천 년의 풍상을 견디며
의연히 피어난 무궁화이건만
시샘하는 환경에 멍들고 시들어
새싹부터 혼 빼앗고 병 주며
뿌리까지 뽑으려 아우성이니
건실함이 중심 잡고 일어나
무궁한 혼을 되살리고 버티며
북풍한설 철없이 몰아쳐도
무궁한 끈기로 정신을 가다듬어
그래도 무궁화는 핀다네

무상(無想)

1
제 한몸 크고자 먹고 또 먹어도
한정 있고 과식은 병 되어 고통인데
천하만물이 제 손아귀에 든다 한들
제 목숨 한정인데 탐한들 무엇하며
넘치고 처지면 원망만 들을 것을

2
제 한 몸 크자는 욕심 허망하고
한정된 몸 자아를 비우면 크게 보여
천하 만물은 임자 없고 허공에 있네
제 목숨 한정인데 채운들 무엇하며
비어 있다 한들 임자 없는 모두니라

진실된 자 얼마나 될까?

저마다 진실된 자라 나서나
참된 진실된 자 없는 것을
제 욕심 채우려 하면서도 계속
너 위한다 허풍 떨며 위세하네
제 욕심 버린 적 없으면서
봉사하겠다는 말 허사인 것을
저 또한 제 욕심에 정신 나가
속 빈 강정 되어 믿고 따르네
이용해 먹자고 따르던 자가
이용만 당하고는 억울하다 하네
지나 저나 같은 부류인데도
뉘를 원망 한탄한단 말이란가

거울

항상 저 안에 있었던 내가
어느 날부터인가 보이지 않고
낯선 사람이 보이네
저 안의 나는 어디 갔을까?
오랜만에 봐서일까?
낯선 얼굴에 초라함이
세월의 주름살이 선명한데
나의 거동 따라 흉내 내니
나임을 직감하면서도
몰라보게 변해버린 몰골
어딘지 모르게 낯선 느낌에
외면하고픈 생각마저 들고
흘러 온 세월 한탄하나
못다 한 아쉬움이 다가와
세월의 뒤안길 잊으려 해도
놓쳐 버린 아쉬움이 더해
빗겨 가지 못한 지난날들이
세월의 무상함을 더해 간다.

나쁜 사람 좋은 사람

도와주는 척하면서 이용만 하는
사람은 나쁜 사람
사심 없이 남에게 도움을 주려는
사람은 좋은 사람

욕심이 지나쳐 남의 것을 탐하는
사람은 나쁜 사람
욕심을 자제하며 내 것을 지키는
사람은 좋은 사람

자신의 이익을 위해 남에게 해주는
사람은 나쁜 사람
남을 돕지 못할 망정 해하지 않는
사람은 좋은 사람

가르친다면서도 화풀이를 하는
사람은 나쁜 사람
엄하게 가르치며 바르게 인도하는
사람은 좋은 사람

월권 행사하면서 의무를 망각하는
사람은 나쁜 사람
의무에 충실하면서 권리를 행사하는
사람은 좋은 사람

사리사욕을 위해 왜곡되게 선동하는
사람은 나쁜 사람
국가를 위하고 사회의 질서를 지키는
사람은 좋은 사람

부정부패 권리 남용하여 치부하는

사람은 나쁜 사람

정정당당하게 노력하면서 치부하는

사람은 좋은 사람

역적언행 이적언행하며 민주화라는

사람은 나쁜 사람

정정당당하게 국가와 국민들을 위하는

사람은 좋은 사람

남산에 올라

남산은 남산이로되
옛날의 남산이 아니요
나무도 풀도 변하였구나

북한산 바라보니
옛 모습 머리에 맴돌고
상상봉 예 있다 하는구나

산천은 의구하단 말
허사된 지 옛말이 되어
산천이 빌딩 숲 되었구나

내 것

1

내 것에 눈이 멀어
네 것을 분별 못 해
제 몫은 당연하고
남의 몫 더 탐하니
제 몫도 못 챙기고
남의 몫도 방해한다.

2

한세상 잠깐인데
천년만년 살려는지
백 년도 못 되어서
빈손으로 가려마는
탐욕에 눈이 멀어
제 발등 제가 찍는다.

3
그러다가 죽어 가면
눈조차 감지 못해
보람과 즐거움은
양보에 있는 것을
탐욕을 버리면 도리어
내 것은 절로 쌓인다네.

부모 1

낳으시고 기르신 정
나 몰라라 외면하고는
부모 뼛골 빼며 살았으면서
저 잘난 척 부모 원망하는구나
잘난 부모에 잘난 자식 드물고
못난 부모에 잘난 자식 많은데
부모 탓함은 제 못남이라
부모 없으면 저도 없는 것을
바른길 찾지 않고 놀면서
노력하지 않으며 바라기는
하늘의 별 따 달라는 몰골이라
제 분수도 모르는 위인이
천륜을 부정하며 탓하는구나

부모 2

태어나고 자라며
살아가는 인간사에서
삶의 희로애락은 잠시
잘나면 얼마나 잘났으며
못나면 얼마나 못날까
그도 저도 운명인 것을
생사는 필연이요 현실인데
부모 은공조차도 외면하고
천만년 살려고 하는지
살아생전 부모에 불효하면
사람 구실 못하는 것이요
불효하며 저 잘났다 해도
이웃들의 비난 속에서
편치도 못할 것을 알며
효심으로 인정받으면서

은공에 보답하고 헌신함이
모두를 위하는 언행임을
알며 보람을 느껴야만이
삶의 행복이 찾아온다네

사모곡(思母曲)

자라며 느껴 온 따사로운 모정이

언제나 마음 한구석에서 도사리며

마음의 길잡이와 안식처 되어가며

멀리 떠나 있을 때에도 헤아리는 마음

언제나 변함없이 변치 말자 맹세했건만

모진 환경에 휘둘려 허송세월 보내며

제대로 모시지도 못했는데 떠나시니

한 되는 효심은 허공을 맴돌아 돌고

후회스럽던 날들을 원망스러워하며

가신 임에게 서린 한을 끝내 못 잊어

속절없는 허무함에 지새게 되었으니

꿈에라도 뵈옵기를 갈망해 보아도

가신 길 하도 멀고 멀어 못 오시는지

애타는 사모의 정은 재가 돼 갑니다.

슬픈 미소

미소는 슬픔을 짊어진
힘겨운 기쁨인 듯
굳어진 정지된 표정
눈만이 말을 건네며
허공을 나르고
지난날들이 다가와
눈앞에 어른거려
현기증을 느끼면서
뒤돌아 걸으면
힘겨운 발자국마다
초라함이 짙어진다

종족

자신의 근본인 뿌리를
중요시하고 사랑하면서
종족을 보존하려 한다는 것은
원초적이며 성스러운 것이리라

자만과 성스러움이 지나쳐
배타적이며 편견과 편 가르기로
비타협적으로 변질되어서
종교의 자유를 배척하려 든다네

한 종족 한 종교를 고수하고
타 종족 타 종교를 대상으로
상대를 타도의 대상으로 여기고
천인공노할 인종 청소를 하려 하네

인류 최악의 살상행위를 하러
자행하면서도 정당한 행위라니
자위권 행사라 미화하기도 하며
성전이라며 만행을 자행하려 하네

종교이념이 호전적이라면
그 종교는 사교에 불과하며
온 인류를 구원하고자 탄생한
성스러운 종교가 될 수 없을 것이네

표리부동(表裏不同)

욕심도 분수가 있으련만
욕심이 지나쳐 혈안되어
앞뒤 가리지 못해 안절부절
욕심 많으면 노력해야 하는 것을

부모 형제도 안중에 없고
일가친척 나 몰라라 하며
죽마고우도 외면하고서는
이웃사촌 거들떠도 보지 않네

믿을 사람 없는 세상 되어
믿는 친구 바보로 만들고
생면부지 현혹하여 등치니
표리부동 못 미더워 경계하네

한 가지

1

한 부모 슬하에서 자라며 서로 위하며
우리라는 울타리에 한 나뭇가지 되어
잎 피고 낙엽 지며 거듭되는 세월은
꽃 피는 기쁨과 낙화되는 괴로움 속에서
서로를 격려하고 결실되기를 바라건만

2

다 자랐다 제 잘난 멋에 도취되어서
뿌리와 밑동의 은혜를 저버리는 가지들
노력하여 결실 맺어 독립된 개체 되기를
바라기보다는 일보다 놀기를 즐기고
허황된 꿈속에서 헤어나지 못하는 것을

3

세월 다 보내고 노력은 하지 않은 채
탐내고 취하려 하다가 여의치 못하면
세상을 탓하고 뿌리와 기둥을 원망한다
때가 되면 저절로 결실되길 원하면서
우리들 속에 자애와 헌신을 저버린다

4

우리들 속에 불신불만 자초하고서도
제 초라함이 곧 자란 가지 때문이라니
노력도 안 하고서도 얻고 받기를 원하고
도움을 주려 않고 항상 받기를 원하고
도움을 받았으면서 감사할 줄도 모른다

행복하고 싶으십니까?

1

내 마음의 문을 열어 놓고
내 마음부터 비우게 된다면
먼저 양보하겠다는 마음으로
나보다는 너를 생각하게 되고
나의 입장을 설명하게 되겠지요

2

나와 너의 거리를 좁히며
너와 나의 입장을 고려하면
서로가 서로를 이해하게 되고
서로의 대화에 정겨움을 더해서
서로는 친밀감을 갖게 되겠지요

3
마음과 마음이 상통하면서
지난날의 불편함에서 벗어나
먼저 찾아가 마음을 열게 되어
다가오는 너를 따뜻하게 맞으며
서로의 입장 이해하게 되겠지요

4
나와 너는 마음의 문을 열고
너와 나의 입장을 바꿔 가며
서로가 서로에게 양보하게 되고
서로의 대화는 향기를 발산하며
서로는 행복을 느끼게 되겠지요

회상

모든 일 모든 것들을
떠나보내고 잊고 살았소
세월이 흘러 또 흘러
지난 일 생각하게 되면서
밤마다 찾아와 반기며 머물러

차마 뿌리치지 못하고
반기면 어느새 해는 떠오르고
기쁨보다 아쉬움 더 주며
후회스럽던 지난날들을
가슴 깊이 실감케 하는구나

한평생

태산 같은 부모 은공 갚기도 바쁜데
한눈팔며 허튼짓할 틈 어디 있으며
놀고 보세 허송세월할 수도 없거늘
알면서 누가 될 일 삼감이 도리일 것을

이웃과 교분하며 화목함도 덕목이요
분수 알아서 자제함도 효행인 것을
허튼짓할 것이며 누가 될 언행 삼감이
효행의 기본인 것을 알며 외면할 건가

후대를 훈육하며 선도함도 덕목이요
노력하며 성취감을 느낌도 삶인 것을
놀면서 하는 일 없이 세월 탓한다면
바로 잡아 줌도 선대의 덕목일 것이다

삶을 보람 있게 살려면

삶을 보람 있게 살려면
배려하고 양보하며 살며
열심히 노력하면 되는 것을

삶의 보람을 찾겠다면서
남의 것 탐하고 얻으려 하고
빼앗아 제 것으로 만들려 하네

입장을 바꿔서 생각하면
저라고 빼앗기고 편할 건가
내 입장 남의 입장은 같다네

우리 모두의 삶의 보람은
양보하며 서로 돕는 것인데
내 욕심 앞세워 망쳐버린다네

남의 흉허물 들춰내는 자

남의 흉허물 들춰내며 규탄하는 자
제 모습 되돌아보며 반성부터 했는지
저부터 반성하고 할 말들을 앞세우네

제 흉허물이 태산같이 쌓여 있거늘
코앞이라 보이지 않는다 외면할 건가
자신의 주변부터 대청소해야 한다네

무리 지어서 남의 흉 들춰내며 떠들며
자신들은 깨끗한 척 날뛰고 있지마는
침묵하는 우리들은 다 알고 있다네

삶의 보람

삶의 보람을 느끼며 살고자 한다면 다음과 같이 노력해야 합니다.

나에게 적합한 현실적인 삶의 보람과 희망을 가져야 합니다.

삶을 살아가는 데는 여러 가지 방법이 있으나 삶의 보람과 희망(希望)을 가지려면 우선 자신부터 분수(分數)를 알며 자신을 통제(統制)하고 절제(節制)하는 능력(能力)을 발휘(發揮)해야 하고 현실(現實)에 만족(滿足)할 수 있는 마음의 여유(餘裕)를 가져야 합니다.

현실(現實)에 만족(滿足)할 줄 모르면 재벌(財閥)이 되었다 해도 불행(不幸)한 삶을 살게 되는 것이며 욕심(慾心)을 버리고 현실에 만족할 줄 알면 가난한 자도 행복한 삶을 살게 되는 것이며 보람된 삶이란 재력(財力)과 직위(職位)와 권력(權力)에 있는 것이 아닙니다.

- 올바른 판단력과 통제하고 절제하는 능력이 있어야 합니다.

학식(學識)이 많다 해도 올바른 판단력(判斷力)이 없으면 무식(無識)하니만 못한 것이며 바르게 통제(統制)하고 절제(節制)하지 못하면 본능적(本能的)인 욕심(慾心)에 심신(心身)이 고달프게 되고 실수(失手)하게 되어 주위(周圍)의 비난과 눈총을 받게 됩니다.

- 부모 형제와 이웃을 배려해야 합니다.

나 자신도 중요하지만 더불어 사는 사회에서는 부모 형제는 물론 이웃들도 배려(配慮)하며 살아야 하는 것이며 가족과 이웃을 비롯한 사회구성원을 의식하며 바르게 언행하면 어떤 고난(苦難)이 닥쳐와도 서로 도움을 주고받을 수 있는 것입니다.

- 생각은 주관적으로 언행은 객관적으로 해야 합니다.

생각(生覺)은 주관적(主觀的) 관점(觀點)에서 이해 타산(利害打算)을 할지라도 언행(言行)으로 표출(表

出)할 경우는 객관적(客觀的)인 관점에서 해야 합
니다. 주관적인 언행을 하면 자기주장만 하는 꼴
이 되고 고집불통이 되며 주위의 관심을 얻을 수
없고 반면 객관적인 언행을 하면 주위로부터 호
응(呼應)을 받을 것입니다.

• 위를 보며 살기보다는 내려다보며 살아야 합니다.

과욕(過慾)에 의하여 현실에 만족하지 못하고
위를 보며 사는 자는 상대빈곤(相大貧困)을 느끼
게 되어 불행(不幸)하게 되고 내려다보며 사는 자
는 현실에 만족할 수 있고 이웃을 배려(配慮)하려
는 여유(餘裕)로운 마음은 행복감(幸福感)을 느끼
게 하는 것입니다.

• 삶은 계획에 의한 준비와 실천이며 결과에 대한 대비
를 해야 합니다.

자신을 알고 자신에 맞는 수준(水準)의 계획(計
劃)을 해야 하고 준비(準備)를 철저(徹底)하게 한 후
실천을 하되 잘못되었을 때의 대비(大備)와 마음
가짐도 있어야 합니다. 실패(失敗)가 인생의 종말

(終末)은 아니라는 것이며 실패한 자들도 성공(成功)할 기회(機會)가 얼마든지 있고 방법만 변하는 것이며 마음먹기에 달려 있는 것입니다.

• 살면서 하지 말며 조심해야 하는 것들

국민으로서 준법정신(遵法精神)으로 불법언행(不法言行)을 하지 말며 이웃을 돕지 못할망정 피해나 불편을 주는 행위를 하지 말고 욕심을 버려야 합니다.

자신을 통제(統制) 관리(管理)하여 공중도덕(公衆道德)을 지키며 도박, 마약, 담배는 절대 금해야 하고 술도 과음(過飮)하면 백해무익(百害無益)한 것입니다.

나에게만 잘하는 사람이 좋은 사람이 아니라 다른 사람에게도 잘하는 사람이 좋은 사람이며 나에게 잘하고 타인에게 경우 없이 대하는 사람은 언젠가는 나에게도 경우 없는 행위를 할 것입니다.

송천 이낙현